Susanne Weber, 1977 in Oldenburg geboren, studierte in Berlin Germanistik und Romanistik. Sie arbeitete einige Jahre als Lektorin in Kinderbuchverlagen, bevor sie begann, erfolgreich Kinderbücher zu schreiben. Sie lebt mit ihrem Mann, dem Übersetzer und Musiker Alexander Weber, und ihren beiden Söhnen in Berlin.

Für meine beiden Sternengucker Jonah & Julius

Tanja Jacobs, 1971 in Augsburg geboren, studierte Kommunikationsdesign an der Hochschule Mannheim. Seit bald 20 Jahren arbeitet sie als freie Illustratorin überwiegend für Verlage und Theater.

Für meine 3 Sternenkenner Elias, Ava und Joris

FSC
www.fsc.org
MIX
Paper from responsible sources
FSC® C084698

Poppenbütteler Chaussee 53, 22397 Hamburg

Einband und Illustrationen von Tanja Jacobs
Druck und Bindung: PNB Print Ltd.,
»Jansili«, Silakrogs, Ropažu novads, LV-2133, Lettland
Printed 2019
ISBN 978-3-7891-1346-8

www.oetinger.de

Susanne Weber

Die kleine Eule fliegt zu den Sternen

Bilder von Tanja Jacobs

Verlag Friedrich Oetinger · Hamburg

Wenn die Sonne untergeht
und der Mond am Himmel steht,
macht die kleine Eule sich bereit,
zum Sternegucken ist's nun Zeit.

Sie sitzt auf ihrem Lieblingsplatz,
hey, da ist ja auch ein Spatz!
Den Anblick mag sie wirklich gerne:
Am Himmelszelt sind lauter Sterne!

Der eine ist besonders hell,
die Eule reckt den Flügel schnell
und macht sich dann so groß sie kann,
doch kommt sie an den Stern nicht ran.
Sie schwankt und wackelt auf dem Ast –
fällt sie herunter? Nein, nur fast!
»Hmm, wie komm ich zu den Sternen?
Ich hab's: Ich muss wohl fliegen lernen!«

Bisher war die Furcht zu groß,
der Abgrund tief, fast bodenlos,
das Flügelschlagen viel zu viel,
doch hat die Eule nun ein Ziel!
Sie öffnet ihre Flügel breit,
beugt sich vor: »Du liebe Zeit,
das ist ja wirklich ziemlich tief.«
Sie traut sich nicht, macht leise »Schnief«.

Weiter unten ruft der Spatz:
»Von hier ist's nur ein kleiner Satz!«
Die Eule klettert rasch hinunter,
und der Spatz erklärt ihr munter,
wie sie die Flügel schlagen soll.
Das macht die kleine Eule toll,
doch der Spatz erklärt ihr auch:
»Die Brust muss raus und nicht der Bauch!«

Endlich ist es dann so weit,
die kleine Eule ist bereit.
Flügel auf, Brust vor, sie springt:
Und wie der erste Flug gelingt!

So nimmt sie gleich die nächste Stufe,
fliegt und hört nun Jubelrufe.
Papa klatscht, und Mama lacht:
»Das hast du wirklich gut gemacht!«

Weil sie fliegen so sehr mag,
übt sie eifrig Tag für Tag.
Dem Spatz erzählt sie hoch im Baum
von ihrem riesengroßen Traum:
»Ich will zu den Sternen fliegen,
weil sie mir so am Herzen liegen.«
Eines Nachts dann, ach, du Schreck,
bleibt das Eulchen ewig weg.

Papa macht sich auf die Suche,
umkreist die Linde und die Buche,
doch die Eule ist nicht dort,
hier nicht, da nicht, einfach fort.

Hoch am Himmel, klitzeklein,
ist das die Eule, kann das sein?
Papa fliegt ihr hinterher,
doch er kann schon bald nicht mehr.

»Kleine Eule, komm zurück!«,
ruft Papa laut – doch hat kein Glück.
Hinter sich hört er Geflatter
und aufgeregtes Spatzgeplapper.

Papa dreht sich um – sieh da:
der Spatz mit einer ganzen Schar.
»Kleine Euuuule!«, tönt der Chor.
Dringt der Ruf jetzt an ihr Ohr?

Die Eule lauscht: Da ruft doch wer?
Papas Anblick freut sie sehr!
Sie stoppt sofort, doch sie vergisst,
dass sie von Luft umgeben ist.
Schon stürzt sie ab, schwer wie ein Stein,
dann fällt des Spatzen Spruch ihr ein:
»Die Brust muss raus und nicht der Bauch.«
Klappt das wohl im Sturzflug auch?

Flügel auf, Brust vor, sie fliegt
und hat die Schwerkraft jetzt besiegt.
Papa kommt ganz dicht zu ihr:
»Ab nach Haus, das schaffen wir!«

Umgeben von der Spatzenschar
sind sie dann auch recht schnell da.
Mama nimmt sie in den Arm,
dort ist es kuschelig und warm.

Später, auf dem Lieblingsast,
die kleine Eule schläft schon fast,
zeigt Mama in den Sternenhimmel,
in das Sternenleuchtgewimmel.
»Auch wenn man fliegen super lernt,
die Sterne sind zu weit entfernt.
Dein Zuhause, das ist hier,
vielleicht kommt mal ein Stern zu dir.«

Die Eule sitzt nun oft bereit,
und eines Nachts dann ist's so weit:
Die Luft ist klar, die Sterne hell.
»Die Sternschnuppe, schau mal schnell!«
Ein wunderschöner Schweif aus Licht,
erst ist er fern und dann ganz dicht.
Die Eule sagt, vom Schein erhellt:
»Jetzt hab ich alles Glück der Welt.«